LES ENFANS

SANS SOUCIS,

ou

L'ART DE BANIR LA TRISTESSE,

Lettre écrite par M. le président des disciples de Bacchus, aux amis de la joie de la ville de Bordeaux, suivie de la vie de Grégoire, chanson de table.

Par M. VERDIÉ.

> On est savant quand on boit bien;
> Qui ne sait boire ne sait rien.
>
> BOILEAU.

1818.

Se vend chez l'Auteur, rue Pont-Long, n.º 14, et chez l'Imprimeur.

A BORDEAUX, de l'Imprimerie de la veuve J.-B. CAVAZZA, rue des Lois, n.º 13, près la Porte-Basse.

Lettre de Monsieur le président des buveurs de la Capitale, à Messieurs les Riboteurs de la ville de Bordeaux.

Messieurs,

Instruit depuis quelque temps et par plusieurs personnes, que vous aviez formé une société de buveurs, je crois qu'il est de mon devoir, comme président des amis de la joie de tout le royaume de réprimer les abus qui se sont glissés parmi vous, et de faire en sorte que votre communauté soit établie à l'instart de celle de Paris.

En conséquence, je vous invite donc, Messieurs, de prendre connaissance de la pièce de vers que vous trouverez ci-jointe, et d'en faire part à tous vos collègues, à seule fin qu'ils puissent se conformer aux ordres que je pourrais vous donner. Croyez que si je prend la peine de vous écrire, ce n'est seulement que pour vous mettre à même de détruire les calomnies qui s'élèvent journellement contre votre société.

Je vous salue avec fraternité,

le doyen des riboteurs,

P S O O B.

P. S. Comme nous sommes sans cesse occupés à rendre notre confrérie l'une des plus illustres du monde, je dois vous prévenir que je vous ferai toujours parvenir es nouveaux articles qui pourront nous être présentés, afin que votre société rivalise avec celle de la capitale; veuillez, en attendant, vous en tenir à ce que je vais avoir l'honneur de vous dire, et suivez de point en point les sages conseils que je vais vous donner.

DISCOURS

AUX ENFANS SANS SOUCIS DE LA VILLE DE BORDEAUX.

D'écrire contre vous j'avais fait la défense,
Et depuis bien long-temps j'ai gardé le silence,
Grand nombre d'ennemis vous auraient critiqués,
S'ils n'eussent craint l'effet de mes autorités,
Mes respectables lois les tenant dans la crainte,
Ils n'ont pû s'empécher de m'adresser leur plainte;
Il est bien vrai, Messieurs, je le dis avec eux,
Qu'on ne voit parmi vous qu'un tas de malheureux,
Qui se disant buveur vont deux fois par semaine,
Dissiper un argent qu'ils gagnent avec peine,
A table jusqu'au cou, n'en sortir qu'à minuit,
Y chanter des chansons qu'à peine on applaudit,
Boire à ce qu'on prétend jusqu'à trente bouteilles,
Parbleu voilà, Messieurs, de très-grandes merveilles,
Consultant vos moyens vous tâtez vos goussets,
Et vous vous décidez à manger des poulets,
Quelquefois des canards, ensuite une salade,
Vous portant à l'excès il faut la carbonnade,
D'un lièvre, d'un gigot, l'odeur se fait sentir,
Vous n'osez y toucher pensant à l'avenir,

On n'entend que vos cris, l'un demande une assiette,

L'autre veut un couteau, du pain, une fourchette,

Chacun étant servi, s'il arrive un trénard,

Tout le monde s'empresse à lui donner sa part ;

Un couvert à Monsieur, vite qu'on fasse place;

On se pousse, on se heurte, enfin on se tracasse,

Mais ce petit malheur serait bientôt passé

S'il avait ce qu'il faut sitôt qu'il est placé,

Point du tout, on m'a dit que pour avoir un verre,

Il fallait pour le moins crier une heure entière,)

Et que votre aubergiste au mépris de son gain,

Vous laissait quelquefois trois quarts d'heure sans vin ;

De plus dans un rapport signé de plus de trente,

On m'a bien assuré que c'était la servante,

Qui venant de laver ses assiettes, ses plats,

Vous servait quelquefois des morceaux délicats,

Et que plusieurs de vous à cette chambrière,

Teniez de longs discours sur sa brune paupière,

N'est-ce pas une horreur, parlez, répondez-moi ?

Est-ce ainsi que l'on fait lorsqu'on n'est pas chez soi.

Ce genre-là, Messieurs, commence à me déplaire,

Et si jusqu'à présent j'ai bien voulu me taire,

C'est que je comptais fort vous y voir renoncer,

Mais vous n'en faites rien, or je vais m'annoncer ;

Je m'y trouve contraint par notre confrérie,

Que vous deshonorez en menant cette vie ;

Ainsi je vous préviens que vous serez dissou,
Si je ne vois régner le bon ordre chez vous,
Je l'aurais déjà fait, mais je veux en bon père,
Vous tracer, mes enfans, ce qu'il vous faudra faire,
Pour voir si mes leçons combleront mon espoir,
Et si je vous verrais rentrer dans le devoir,
Pour la dernière fois je veux bien vous instruire,
Faites attention à ce que je vais dire,
Et suivez en tout point mes conseils, mes avis,
Vous deviendrez alors riboteurs accomplis.

Il faut premièrement éviter la tristesse,
Conserver sa santé, n'avoir point de maîtresse,
Eloigner loin de vous la peine, le chagrin,
Braver en tous les temps les revers du destin,
Se livrer tout entier au sein de la bombance,
Et ne pas spéculer la trop grande dépense,
Buvez tout, mangez tout, et ne souffrez jamais,
Que pour d'autres que vous on conserve les mets;
Près de vous qu'un tonneau soit mis en permanence,
Qu'aussitôt achevé l'autre ensuite commence,
Et que quatre valets sans vous faire languir,
Soyent au près de la table afin de vous servir;
Evitez toujours bien qu'une sale servante,
Ne porte parmi vous le trouble et l'épouvante;
Craignez, mes chers amis, l'effet du cotillon,
Cela ne doit servir qu'aux gens de Cupidon.

Que l'amour n'entre point dans votre sanctuaire,
Si vous ne voulez-pas mériter ma colère ;
Ainsi que les Romains faites de grands repas,
Pompée a dans un jour fait tuer cent veaux gras ;
Marc-Antoine, dit-on, pour illustrer sa vie,
Monte au dernier degré de la gastronomie,
Imitez les festins que faisait Annibal
Que chaque jour pour vous soit un vrai carnaval.

Secondement, Messieurs, pour suivre notre exemple,
Vous ne devez jamais sortir de votre temple,
Qu'après avoir vidé deux tonneaux de bons vins,
Fait rôtir vingt gigots, vingt lièvres, vingt lapins,
Il faut aussi manger grand nombre d'omelettes,
Des canards, des chapons, soixante côtelettes,
Plus trois ou quatre veaux, des poulets, des dindons,
Bécasses et perdreaux, un millier de pigeons,
Un bon quartier de bœuf rengé dans la marmite,
Prendre garde sur-tout que la viande soit cuite,
Plus un quintal de lard dans le bouilli logé,
Un farci de cent œufs proprement arrangé;
S'il arrive un trénard défendez-lui qu'il entre,
Une brosse à la main qu'il se brosse le ventre,
Et que couvert de honte il évite ce lieu,
Tandis que vous boirez le grand coup du milieu.

N'oubliez pas sur-tout les boudins, les saucisses,
Carpes, turbots, saumons, anguilles, écrevisses;
S'il en est parmi vous quelques-uns de friands,
Qu'on lui fasse d'abord servir des ortolans;
Ayez toujours grand soin que toutes vos bouchées
Par un verre de vin soyent vivement heurtées,
Mangez aussi, Messieur, trois ou quatre jambons,
Cinquante cervelats, autant de saucissons,
Plus quarante faisants, quatre mille alouettes,
Toute espéce d'oiseaux lardez dans des brochettes;
Que rien ne soit perdu, que l'on ramasse tout,
Et que des rogatons on fasse un bon ragout;
Trente-six saladiers garnis de chicorées,
Autant de céléris, de laitues pommées,
Que l'on vous serve aussi cent paquets d'artichaux,
D'asperges, d'épinards, des mets les plus nouveaux;
Que dans votre dessert on y trouve l'amande,
Les fruits les plus exquis, le fromage d'Holande;
Il faut que rien ne manque et que tout soit porté,
Tendis que l'on s'apprète à vous faire du thé.

Votre repas fini cassez tous vos assiettes,
Tordez tous vos couteaux, déchirez les serviettes.
Cassez tout, brisez tout, les glaces les trumeaux,
Des croisées aussi brisez tous les carreaux.

Si vous apercevez de la tapisserie,
Mettez-la par lambeau comme de la charpie,
Enfin pour satisfaire à notre Dieu Bacchus,
Faites que dans son temple il ne reste rien plus,
Mais gardez-vous sur-tout qu'un zèle trop austère,
Ne vous fasse casser ni bouteille ni verre,
Ayez un saint respect pour ces vases sacrés,
Car vous devez savoir qu'il faut reboire après,
Et chanter des chansons que tout en retentisse,
Jusqu'à faire écrouler les murs de la bâtisse,
Si l'aubergiste vient et qu'il soit en couroux,
Couchez-le sur la table, assommez-le de coups,
Faites qu'il soit puni d'avoir eu l'insolence
De venir vous troubler en imposant silence,
Et s'il a le malheur de vous parler d'écot,
Payez-le, mais à coup de manche de gigot;
Un pareil importun on le met à la porte,
S'il n'est pas assez fort, qu'il appelle main-forte,
Qu'il vous fasse arrêter comme des prisonniers,
Qu'on vous mette en prison chez de bons pâtissiers,
Quand on aura fermé les verroux, les serrures,
Attaquez aussitôt les pots de confitures,
N'allez pas vous remplir le ventre d'échaudés,
Amusez-vous plutôt dans les petits pâtés,
Choisissez du meilleur, les tartes, les pralines,
Les petits massepains et les dragées fines;

Là si vous vous trouvez manquer de l'appétit,
Accourez promptement attraper un biscuit,
Saucez-le sur le champ dans du bon vin d'Espagne,
Madère, Frontignan, Médoc, Brion, Champagne;
N'oubliez pas sur-tout les petits macarons,
Croquignoles, croquants, pastilles, millassons,
Regardez dans le four, cherchez-y des gallettes,
Choux à la crème chaud, tartines, tartelettes;
Et si vous désirez vous montrer bons buveurs,
Grimpez à l'étagère, attrapez les liqueurs,
N'épargnez pas sur-tout le rum ni l'eau-de-vie,
Que l'huile de Vénus vous serve d'embroisie;
Videz tout, buvez tout jusqu'au parfait amour,
Remettez-vous ensuite à manger jusqu'au jour.
Si votre ventre plein refuse les brioches,
Pour la faim à venir garnissez-en vos poches;
Après que vous aurez mangé tous les bonbons,
Chavirez la boutique et cassez les flacons;
Enfin n'ayant rien plus à faire de la sorte,
Faites des trous aux murs qui vous servent de porte,
Et que chacun chez soit se retire à l'instant,
Pour viser au moyen de trouver de l'argent.
On doit continuer une aussi belle vie.
S'il se fait par hasard que votre épouse crie;
D'un coup de pied au cul ou bien d'un bon soufflet,
Faites-lui sur le champ appaiser son caquet.

Emportez, s'il se peut, tout l'argent de l'armoire,

Rejoignez vos amis, recommencez à boire,

Ne vous avisez pas de rentrer à minuit,

D'aller frapper la porte et de faire du bruit,

Un chacun vous critique et cent fois pis encore,

Restez au cabaret pour attendre l'aurore,

Alors vous serez vus pour des hommes de bien,

Et personne sur vous ne pourra dire rien,

Voilà, mes chers amis, la véritable vie,

Que vous devez mener. — Paix, j'entend que l'on crie !

Où diable pourrons-nous trouver assez d'argent

Pour suivre les conseils de notre président ?

Silence, mes amis, je m'en vais vous l'apprendre,

Allez vite chez vous, commencez par tout vendre,

Ou si non faites mieux, courez au grand portail, (1).

Ou pour mieux m'expliquer dans la rue au Mirail ;

Vous savez que ce lieu de l'argent est la source,

C'est-là que bien des gens trouvent de la ressource ;

Portez y vos effets, vos meubles, vos bijoux,

Mais soyez cependant bons pères, bons époux ;

Voyez-vous vos enfans, votre épouse aux alarmes,

Laissez-leur un mouchoir pour essuyer leurs larmes.

Encor s'il est trop bon vous pouvez l'emporter,

Et ne leur laisser rien que les yeux pour pleurer.

(1) *Au Mont-de-Piété.*

Vendez tous vos haillons, vos habits, vos culottes,
Mais que cet argent soit pour faire des ribotes;
N'allez pas le garder songeant à l'avenir,
Et chassez loin de vous celui qui fait bâtir.
Que sert une maison? le feu pouvant y prendre,
Vous avez la douleur de la voir mettre en cendre;
Comme *Natus-Alem*, vivez dans un tonneau,
Tournez toujours son cul du côté que vient l'eau;
Des saisons, des frimats vous braverez l'injure;
Le sage doit ainsi vivre dans la nature.
Si pourtant vous avez des moyens superflus,
Elevez à l'instant un temple au Dieu Bacchus.
N'allez point rechercher la pompe, l'étalage,
Trois pièces suffiront pour embellir l'ouvrage,
La cave, la cuisine, une salle à manger,
Que tout soit de plain-pied de crainte de danger,
Rendez-en s'il se peut la façade jolie,
Faites-y peindre en grand, Momus et la Folie,
Qu'un tienne une bouteille et l'autre un gobelet,
Pour montrer aux passans que c'est un cabaret.
Pour ce beau bâtiment ne faites point de dette,
Vendez plutôt vos lits pour payer l'architecte,
Un lit, ne sert à rien, à quoi bon s'en servir,
Messieurs, un bon buveur ne doit jamais dormir.
A table tenez bon, ferme comme une souche,
Ne vous couchez jamais que le vin ne vous couche.

Quel lieu que vous dormiez vous serez toujours bien,
Seriez-vous dans la rue étendus comme un chien;
Redoutez du travail la peine et la fatigue,
Pour avoir de l'argent sachez agir d'intrigue.
Et si vous ne pouvez continuer ce train,
Noyez vous promptement dans un tonneau de vin.
C'est ainsi qu'un buveur pour les enfers s'embarque,
Sans avoir nul besoin de Carron ni de barqne.

FIN.

LA VIE DE GRÉGOIRE,

CHANSON DE TABLE.

AIR : *Aussitôt que la lumière.*

QUAND Grégoire vint au monde,
Il parraissait si charmant,
Que les buveurs à la ronde,
Vinrent tous voir cet enfant ;
A son air chacun s'écrie,
Le voyant si réjoui,
Il sera toute sa vie,
Un riboteur accompli.

De son baptême la fête,
Dans le monde fit du train,
On le fit plonger de tête,
Dans une cuve de vin ;
Loin de si noyer, le drôle,
Y nageait comme un poisson ;
Et sa première parole,
Fut de dire, ah ! qu'il est bon !

Pour dormir dans son bas âge,
Il n'eut jamais de berceau,
Il sommeillait davantage,
Dans le cul d'un vieux tonneau;
De son aimable nourrice,
Loin de sucer le blanc sein,
Il vivait de pain d'épice,
Qu'on lui trempait dans du vin.

Au sortir de son enfance,
Forcé de prendre un métier,
Il choisit de préférence,
Celui de cabaretier;
N'ayant aucune pratique,
Son commerce allait si mal,
Qu'il ferma bientôt boutique,
Et but tout son capital.

Ne sachant plus où se mettre,
Comme il n'était pas bien sot,
Il se mit garde champêtre,
Dans l'intérieur du Médoc;
Il suivait bien sa consigne,
Car il mettait en prison,
Celui qui dans une vigne,
Dégradait un seul bourgeon.

Lorsque son père et sa mère,
Descendirent au tombeau,
Pour calmer sa peine amère,
Il fit percer un tonneau ;
C'était son meilleur remède,
Car tant que coulait le vin,
Il buvait si sec, si roide
Qu'il oubliait son chagrin.

·•⊙•·

Désirant du mariage
Supporter le joug pesant,
Il prit une fille sage,
Qui lui porta de l'argent ;
Alors notre ami Grégoire,
Pour satisfaire son goût,
Se mit tellement à boire
Qu'il en vint bientot à bout.

·•⊙•·

De trois enfans il fut père,
Tous trois le vin ils aimaient,
Mais étant dans la misère,
De faim, de soif ils mouraient ;
Couchant à la belle étoile,
Il leur dit un beau matin,
Prenez un fusil de toile
Allez à la chasse au pain.